_____ 님께 드립니다.

내일 아침에는
정말 괜찮을 거예요

시요일

내일 아침에는
정말 괜찮을 거예요

시요일 엮음

안부 대신 당신에게 건네고 싶은 오늘의 시

다정한 고요 쪽으로,
찬란한 내일 쪽으로

얼마 전 진공 상자에 포장된 장미꽃을 선물받았어요. 상자를 열지 않으면 영구 보존도 가능하다고 하더군요. 장미의 존재가 창가를 환히 밝혔어요. 삶에 틈입한 사물 하나가 일상의 흐름을 바꿔놓을 수도 있구나, 놀랍고 기쁜 마음이었죠. 그런데 며칠 지나니 장미의 상태를 헤아려보게 되었습니다. 저 꽃은 생화일까요, 조화일까요. 진공 상자에 갇혀 있더라도 생화인 건 틀림없으나 정말로 살아 있다고 말하기는 충분하지 않고, 그렇다고 조화는 아니니 말이에요.

요즘, 우리의 모습이 그러한 것 같습니다. 문 하나만 열면 곧장 세상인데 그 문 하나를 열기가 이토록 어려워질 줄 누가 알았을까요. 혼자 먹고 혼자 말하고 혼자 잠드는 일이 기본값이 되어버린 일상. 우물에 갇힌 듯 답답하기만 합니다. 얼굴에서 웃음이 사라진 지도 오래입니다. 잘 지내냐는 안부를 묻기도 조

심스럽고요. 이럴 때 창밖 풍경이라도 근사하면 좋으련만, 깊은 밤 올려다본 하늘은 별 하나 없이 캄캄하기만 하네요.

멈춰버린 시계를 어떻게 되돌릴 수 있을까요. 활기, 가능성, 열정, 미래, 의지…… 우리에게 힘을 북돋아주던 말들에 빛을 되찾아줄 방법은 없을까요. 진공 포장된 장미의 모습을 다시 생각합니다. 아마도 장미의 아름다움은 영원하겠지요. 진공 상태에선 어떠한 변색도, 변형도 없을 테니까요. 하지만 우리가 정말 원하는 건 그런 아름다움이 아닐 겁니다. 바람에 긁히고 흔들리고 마침내 시들어 떨어지더라도 생생하게 살아 있고 싶은 거잖아요. 잘 깨어 있고 싶은 거잖아요.

다행히 봄입니다. 언 땅이 녹고, 겨울 동안 세상이 숨겨온 가장 여린 연두와 초록을 선물받는 계절. 이제 그만 겨울잠에서 깨

어나 해묵은 마음은 떨쳐버리고 집 밖으로 걸어 나오라는 초
대장처럼 여겨집니다. 물론 세상의 계절과는 상관없이 당신의
마음은 아직 한겨울일지도 모릅니다. 하지만 이왕 봄이 되었으
니까, 갇힌 꽃이 아닌 살아 있는 꽃의 세계로 우리 삶의 시계를
옮겨보면 어떨까요. 모든 시작은 두려움을 동반하지만 한 걸음
한 걸음 내디딜 때마다 새로운 세계가 열릴 것이라고, 당신은
그럴 자격이 있다고, 온 우주가 당신을 응원하고 있는지도 모
르잖아요.

그런 당신을 위해 꽃다발 같은 책 한 권을 엮습니다. 한 편 한
편의 시가 다 살아 있는 꽃들이에요. 색깔도 모양도 향기도 피
고 지는 속도도 다 다르지만 차가운 고립이 아닌 다정한 고요
쪽으로, 허무한 절망이 아닌 찬란한 내일 쪽으로 당신을 이끌
어주는 시인 것은 분명해요. 이 시들이 당신의 고독한 마음을

어루만지고 울고 있는 당신의 손을 잡아 일으키고 어깨를 다독일 수 있다면. 당신 마음속에서 소리 없이 피어나 환히 저물 수 있다면.

이 책에 수록된 시들을 타임캡슐에 묻어두었던 오래된 편지들이라 생각하셔도 좋아요. '돌아온다, 돌아오지 않는다' '사랑한다, 사랑하지 않는다' 점치기 위해 하나씩 떼어보는 나뭇잎이라 여기셔도 돼요. 급커브 중인 버스에서 중심을 잡기 위해 힘껏 붙잡는 손잡이여도 좋겠어요. "잘 지내?"라는 말 대신 당신 곁에 놓고 싶습니다. 새봄에 어울리는 다짐이고 싶습니다.

2021년 봄
시요일 기획위원 안희연

2부 나는 내가 아프지 않았으면 좋겠어요

3부 반복이 우리를 자라게 할 수 있을까

4부 몸을 지나가도 상처가 되지 않는 바람

1부

밤의 수영장에 혼자 있었다

심야 식당

박
소
란

당신은 무얼 먹고 지내는지

궁금합니다

이 싱거운 궁금증이 오래 가슴 가장자리를 맴돌았어요

충무로 진양상가 뒤편

국수를 잘하는 집이 한군데 있었는데

우리는 약속도 없이 자주 왁자한 문 앞에 줄을 서곤 했는데

그곳 작다란 입간판을 떠올리자니 더운 침이 도네요 아직

거기 그 자리에 있는지 모르겠어요

맛은 그대로인지

모르겠어요

실은 우리가 국수를 좋아하기는 했는지

나는 고작 이런 게 궁금합니다

귀퉁이가 해진 테이블처럼 잠자코 마주한 우리

그만 어쩌다 엎질러버린 김치의 국물 같은 것

좀처럼 닦이지 않는 얼룩 같은 것 새금하니 혀끝이 아린 순간

　순간의 맛

이제 더는

배고프다 말하지 않기로 해요 허기란 얼마나 촌스러운 일
인지

혼자 밥 먹는 사람, 그 구부정한 등을 등지고

혼자 밥 먹는 일

형광등 거무추레한 불빛 아래

불어 선득해진 면발을 묵묵히 건져 올리며

혼자 밥 먹는 일

그래서

요즘 당신은 무얼 먹고 지내는지

나는 오늘

오은

나는 오늘 토마토

앞으로 걸어도 나

뒤로 걸어도 나

꽉 차 있었다

나는 오늘 나무

햇빛이 내 위로 쏟아졌다

바람에 몸을 맡기고 있었다

위로 옆으로

사방으로 자라고 있었다

나는 오늘 유리

금이 간 채로 울었다

거짓말처럼 눈물이 고였다

진짜 같은 얼룩이 생겼다

나는 오늘 구름

시시각각 표정을 바꿀 수 있었다

내 기분에 취해 떠다닐 수 있었다

나는 오늘 종이

무엇을 써야 할지 종잡을 수 없었다
텅 빈 상태로 가만히 있었다
사각사각
나를 쓰다듬어 줄 사람이 절실했다

나는 오늘 일요일
내일이 오지 않기를 바랐다

나는 오늘 그림자
내가 나를 끈질기게 따라다녔다
잘못한 일들이 끊임없이 떠올랐다

나는 오늘 공기
네 옆을 맴돌고 있었다
아무도 모르게
너를 살아 있게 해 주고 싶었다

나는 오늘 토마토
네 앞에서 온몸이 그만 붉게 물들고 말았다

소
동

안
희
연

밀가루를 뒤집어쓰고 거리로 나왔다
슬픔을 보이는 것으로 만들려고

어제는 우산을 가방에 숨긴 채 비를 맞았지
빗속에서도 뭉개지거나 녹지 않는 사람이라는 것을 말하려고
툭툭 부은 발이 장화 밖으로 흘러넘쳐도
내게 안부를 묻는 사람은 없다

비밀을 들키기 위해 버스에 노트를 두고 내린 날
초인종이 고장 나지 않았다는 것을 말하기 위해
자정 넘어 벽에 못을 박던 날에도

시소는 기울어져 있다
혼자는 불가능하다고 말한다

나는 지워진 사람
누군가 썩은 씨앗을 심은 것이 틀림없다
아름다워지려던 계획은 무산되었지만
어긋나도 자라고 있다는 사실

기침할 때마다 흰 가루가 폴폴 날린다

이것 봐요 내 영혼의 색깔과 감촉

만질 수 있어요 여기 있어요

긴 정적만이 다정하다

다 그만둬버릴까? 중얼거리자

젖은 개가 눈앞에서 몸을 턴다

사방으로 튀어오르는 물방울들

저 개는 살아 있다고 말하기 위해

제 발로 흙탕물 속으로 걸어들어가길 즐긴다

혼자 있는 교실

강성은

나의 노트 속에는 폴라로이드 같은 안개

안개 속에는 사라졌다 나타났다를 반복하는

밤나무 숲과 국도가 있어요

나는 펼쳐진 노트 속으로 들어가 국도를 따라 걸어갑니다

숲에선 사소한 불빛 하나 나타나지 않고

국도는 물속처럼 어둡고

가끔 죽은 고양이가 느낌표처럼 벌떡벌떡 일어서요

나는 흘러가는 노트 속의 산책자

내 기록들의 방관적 수취인

맨발로 일렁이는 국도 속을 걸어가지요

누군가 책장을 넘겨요

바람이겠죠

혼자 있는 교실엔 늘 바람이 불었어요

밤나무 숲이, 국도가, 내가 흔들려요

국도 저 끝에서 환한 전조등 성난 개들처럼 달려와요

수만의 바퀴들이 일제히 나를 밟아요

몸은 유리알처럼 부서져 느리게 어디론가 굴러가요

문득 가로등이 켜지고

지나온 길마다 붉은 융단이 깔려요

아이들이 깔깔깔 웃으며 박수를 쳐요

선생님이 휘파람을 불어요

바람이 나를 읽어요

바람이 나를 정신없이 넘겨요

아직 씌어지지 않은 페이지까지 읽어요

바람이 나를 지워요

나도 나를 자꾸만 지워요

너덜너덜해진 이 노트의 마지막 페이지는 어디 있는 걸까요

혼자 있는 교실엔 바람이 불고 가끔 비가 내렸어요

나는 말랐다 젖었다

써졌다 지워지며

아무 데도 닿지 않아요

비역사

황인찬

밤의 수영장에

혼자 있었다

귀에 닿는 물소리 탓에

네 목소리가 들리지 않는다고 생각했다

너는 실내에서 나오지 않는다

너는 어디에서도 나온 적 없다

밤의 수영장을 혼자 걸었다

몸에 닿는 밤공기가 차가워

네가 만져지지 않는다고 생각했다

너는 실내에서

나오지 않는다

밤의 수영장에

혼자 있었다

보름달이 너무 크고 밝아

네가 보이지 않는다고 생각했다

너는 내 어깨에

손을 올린다

너는 어디에서도

나온 적 없다

흐린 날에 나의 침대는

주민현

나의 침대는 침대라기에는 낮아

흐린 날엔 관 같고 죽은 날엔 요람 같아

아주 오래 썩지 않도록 처리되어

다른 집을 돌고 돌아서

개와 아이가 어울려 노는 평상이었다가

아픈 사람을 위한 자리가 될 것이다,

침대에 누워 생각했네

노동자와 노숙자 사이는 얼마나 멀까

한낮의 몽상과 영원한 잠의 사이는,

영화를 보기도 하고 영화 같은 꿈을 꾸기도 하는,

나의 침대는 침대라기보다는

누군가 내리쳐 반음 내려간 녹슨 피아노 같아

나는 밤마다 꿈의 계단을 올라갔다가

죽음의 음계에서 내려온다네

아이들의 몽상을 위한 꿈의 지도,

아무 숲이나 헤매도 좋았던 발자국,

낭비해서 좋았던 시간이 잠과 죽음에 뒤섞여 내리네

시간은 우리가 갖고 노는 조약돌이래*
아니, 시간이 우리를 조약돌처럼 가지고 놀지

너무 오래 썩지 않는 것은 조금 이상해
나의 침대는 편백나무 향을 소문처럼 간직한

사랑을 속삭이기엔 비좁고
이렇게 눕기에도 저렇게 눕기에도 모자란, 그러나 쉽사리
굴러떨어지지 않는

인생; 꿈은 부드럽게 머리를 때리며 내려오는
스티로폼과 알루미늄 같아서

썩지 않고 꿈의 바깥을 무성하게 만드네

---

* 영화 「영원과 하루」 중에서.

비
행
운

임
경
섭

꿈을 꾸었어요

네모반듯한 교정 한구석에 늘어선 양버즘나무들이

천천히 그늘을 움직이고

양버즘나무 그늘의 중심에 숨은 매미떼가

쉬지 않고 울어대는 꿈이었습니다

하늘 가득 거대한 여객기들이 유유히

줄지어 돌아오는 꿈이었어요

너무나 거대했던 나머지 하늘은 보이지 않고

여객기들과 그것들이 남긴 비행운들만 섬섬히 빛나는

그런 꿈이었어요 그들의 활주로가

어느 쪽으로 놓여 있는지 알 수는 없었지만

낮고 느린 비행이 우리에게 잇따른 안착을 꿈꾸게 하는

그런 꿈이었습니다

운동장에 늘어선 우리는

입을 벌린 채 탄성을 내지르며

공중을 난다는 건 어떤 기분일까?

여객기의 좁은 창문들 새로 얼핏 보일 것 같은

여행자들의 벅찬 마음을 상상해보기도 했습니다

그때였어요

대열의 끝에서 여객기 하나가 항로를 벗어난 것은

한껏 바람을 불어넣다 놓쳐버린 풍선처럼

후미의 여객기는 제멋대로 자주 방향을 바꾸더니

이내 구름 너머로까지 치솟아올랐습니다

운동장에 늘어선 우리는 기다렸어요

어리둥절 서로의 얼굴을 바라보며

이유가 있겠지 설마 떨어지기야 하겠어?

생각하는 말들을 입 밖으로 꺼내지도 못한 채

입가의 웃음기를 잃지 않으려 애를 쓰면서

우리는 기다렸어요 기다리자

후미의 여객기는 돌아왔습니다

기체는 수직으로 떨어지고 있었어요

운동장에 늘어선 우리의 머리 위로 곧장

기체는 떨어지고 있었어요

우리는 달아나기 시작했습니다

기다리던 것이 돌아왔지만

우리는 너나없이 달아나기 시작했습니다

꿈을 꾸었어요

달아나는 꿈을 꾸었습니다 달아나며 생각했어요

돌아온다는 건 어떤 기분일까?

돌아와도 돌아오지 못한 거란 건 또 어떤 기분일까?

우리는 너나없이 뒤도 돌아보지 않고

교정 너머로 나무 그늘 너머로 구름 너머로

그리고 거대했던 꿈 너머로

달아나고 있었습니다

모
래

임
솔
아

오늘은 내가 수두룩했다.
스팸 메일을 끝까지 읽었다.

난간 아래 악착같이 매달려 있는
물방울을 끝까지 지켜보았다.
떨어지라고 응원해주었다.

내가 키우는 담쟁이에 몇 개의 잎이 있는지
처음으로 세어보았다. 담쟁이를 따라 숫자가 뒤엉켰고 나는
속고 있는 것만 같았다.

술래는 숨은 아이를 궁금해하고
숨은 아이는 술래를 궁금해했지. 나는
궁금함을 앓고 있다.

깁스에 적어주는 낙서들처럼
아픔은 문장에게 인기가 좋았다.

오늘은 세상에 없는 국가의 국기를 그렸다.
그걸 나만 그릴 수 있다는 게 자랑스러워서

벌거벗은 돼지 인형에게 양말을 벗어 신겼다.

돼지에 비해 나는 두 발이 부족했다.

빌딩 꼭대기에서 깜빡거리는 빨간 점을

마주 보면 눈을 깜빡이게 된다.

깜빡이고 있다는 걸 잊는 방법을 잊어버려

어쩔 줄 모르게 된다.

오늘은 내가 무수했다.

나를 모래처럼 수북하게 쌓아두고 끝까지 세어보았다.

혼자가 아니라는 말은 얼마나 오래 혼자였던 것일까.

눈물의 입구

안현미

여자는 바다를 하염없이 바라보고 있습니다

혼자입니다 그러나 완벽하게 혼자일 수는 없는 것입니다

생각해보면 생각지도 못한 곳에서 바람은 불어오고

또다른 국면에서는 미늘에 걸린 물고기들이

죽음을 향해 튀어오르고 있습니다

당신은 수동 카메라로 여자의 여름을 함께 들여다본 사람

불가능을 사랑했던 시간과 풍랑이 잦았던 마음

잠시 핑, 눈물이 반짝입니다

수면 위로 튀어오르는 물고기의 비늘도 반짝입니다

모든 오해는 이해의 다른 비늘입니다

아픈 이마에선 눈물의 비린내가 납니다

생각해보면 천국이 직장이라면 그곳이 천국이겠습니까?

또다른 국면에서는 사랑도 직장처럼 변해갑니다

사, 라, 합, 니, 다

이응이 빠진 건 눈물을 빠뜨렸기 때문입니다

여자가 하염없이 바다를 바라보고 있습니다

우리는 누군가의 첫사랑을 빌려 읽기도 합니다

눈덩이

조
말
선

시작은 나였어

나를 묻히고 나는 굴러간다

나는 아니야, 라고 외치는

나를 묻히며 굴러간다

너도 그랬잖아, 라고 외치는

나만 묻히며 굴러간다

옷 갈아입을 시간을 줘, 라고 외치는

나를 묻히며 굴러간다

나는 나에게 묻힌다

내 무덤을 내가 만든다

나도 같이 가, 라고 외치는 너에게

힘껏 눈덩이를 던진다

나는 제대로 박살난다

나에 대해서 가속도만 붙는다

나는 밤새 눈덩이처럼 불어난다

나는 이튿날 눈 녹듯 사라진다

이렇게 추운 날에

신
해
욱

이렇게 추운 날에. 열쇠가 맞지 않는다.

이렇게 추운 날에. 얼굴이 떠오르지 않는다.

뭘까. 이 어리석음은 뭘까.

얼음일까.

얼음의 마음일까.

막연히 문을 당기자 어깨가 빠지고
뼈가 쏟아지고

쏟아진 뼈들이 춤을 출 수 없게 하소서
경건한 노래가 굴러떨어지고

뼈만 남은 이야기에 언젠가 눈이 내리는데

깨진 약속들이 맹목적으로 반짝이게 되는데

일관성을 잃은 믿음과

열쇠와

열쇠 구멍과

이렇게 추운 날에. 너는 있다. 여전히 있다. 터무니없이 약
속을 지키고 있다.

아주 다른 것이 되어

이렇게 추운 날에

모든 밤의 바깥에서

혼
자

신
영
배

빈방에 창문을 열어둘 때

떠나며 돌아올 때

밤이 이미 와 있고

일부러 불을 켜지 않을 때

어둠 속에서 빈방을 풀어 헤칠 때

찾을 수 없는 단어들로 밤은 좁아지고

소녀가 집을 나오고

위험해진 골목이

시의 첫 행을 물고 달릴 때

방향을 잃고 흔들릴 때

그 빛을 가져가며 달은 위험해졌다

바람은 없다

위험해진 돌멩이가 위험해진 돌멩이를 버릴 때

위험해진 나무가 위험해진 나무를 벗을 때

흔들며

위험해진 달이 더욱 위험해질 때까지

시의 마지막 행으로 위험해진 소녀가

꾀병

박
세
미

잡으려 할수록 쪼개지고 있었거든요

나는 내가 아프지 않았으면 좋겠어요

비가 겨울엔 쉬어가는 것처럼
겨울이 오기 전에
내게도 어떠한 조치가 필요해요

같이 걸을 사람은 없지만
풀밭에 나가볼까요

풀밭은 꽃을 들고 서 있지 않아도
내게 밑줄을 그어주는 곳이니까요

단단한 고요

김선우

마른 잎사귀에 도토리알 얼굴 부비는 소리 후두둑 뛰어내려 저마다 멍드는 소리 멍석 위에 나란히 잠든 반들거리는 몸 위로 살짝살짝 늦가을 햇볕 발 디디는 소리 먼 길 날아온 늙은 잠자리 체머리 떠는 소리 맷돌 속에서 껍질 타지며 가슴 동당거리는 소리 사그락사그락 고운 뼛가루 저희끼리 소근대며 어루만져주는 소리 보드랍고 찰진 것들 물 속에 가라앉으며 안녕 안녕 가벼운 것들에게 이별인사 하는 소리 아궁이 불 위에서 가슴이 확 열리며 저희끼리 다시 엉기는 소리 식어가며 단단해지며 서로 핥아주는 소리

 도마 위에 다갈빛 도토리묵 한모

 모든 소리들이 흘러 들어간 뒤에 비로소 생겨난 저 고요 저토록 시끄러운, 저토록 단단한,

말
2

임
선
기

기억나지 않는 먼 길을 걸어

온 말을 적습니다

떠날 수 없도록

묶습니다.

하지만 떠나는군요

나의 말 아닌 것처럼.

나는 하릴없이 들을 갖습니다.

어떤 말은 오래전 나의

말이라는군요

하지만 나의 말은 님의 말

님의 말은

이 들판으로만 오고 집니다.

벽 속의 편지

— 네 집 뒤에서

강은교

네 집 뒤에서 울고 있네

그 눈물이 현관을 두드려

문을 열어주네

눈물은 마루로 올라와

이윽고 방으로

내 이불 속에 들어와 눕네

가만가만 물어보네

눈물 한방울은 너무 큰 것인가

아니면

너무 작은

것인가,고.

기억을 버리는 법

김혜수

버리자니 좀 그런 것들을

상자 속에 넣어 높은 곳에 올려놓는다

가끔 시선이 상자에 닿는다

쳐다보고만 있자니 좀 그런 것들을

더 큰 상자에 넣어 창고 속에 밀어버린다

창고 속에서 먼지를 뒤집어쓰고

모서리가 삭아내리는 것들

자주 소멸을 꿈꾸며

닳아 내부조차 지워져버린 것들

가끔 생각이 창고에 닿는다

고요한 어둠속에서 점차

생각조차 희박해지고

창고를 넣을 더 큰 상자가 없을 때

그때 상자 속의 것들은 버려진다

나도, 자주, 그렇게 잊혀갔으리라

알
수
없어
요

황
인
숙

내가 멍하니 있으면

누군가 묻는다

무슨 생각을 그리 골똘히 하느냐고

내가 생각에 빠져 있으면

누군가 묻는다

왜 그리 멍하니 있느냐고

거미줄처럼 얽힌 복도를 헤매다 보니

바다,

바닷가를 헤매다 보니

내 좁은 방.

수국(水菊)

정한아

잉크가 마르는 동안 나는 사랑했네

부끄럼 없이 꺾은 꽃봉오리 한 채의 수줍음과

그 千의 얼굴을

한 꽃의 일평생 차마

입에 담지 못할 망설임

열 길 물속

다 들켜버린 마음

나 사랑하는 동안 시들고 비틀린

열매 없는 창백한 입술들이여

똑같은 꽃은

두 번 다시 피지 않는 것을;

이 모든 것은 헛되고 헛되었으나

세상은 언제나 완전했네

저녁나절

박형준

반지하 창문 앞에는

늘 나무가 서 있었지

그런 집만 골라 이사를 다녔지

그 집들은

깜빡 불 켜놓고 나온 줄 몰랐던

저녁나절을 얼마나 많이 갖고 있었던가

산들바람이 부는 저녁에

집 앞에서

나는 얼마나 많이 서성대며 들어가지 못했던가

능금나무나 살구나무가 반지하 창문을

가리던 집,

능금나무는

살구나무는

산들바람에

얼마나 많은 나뭇잎과 꽃잎을 가졌는지

반지하 창문에서 흘러나오는 불빛에

떨어지기만 했지

슬픔도 환할 수 있다는 걸

아무도 없는데 환한

저녁나절의 반지하집은 말해주었지

불 켜진 저녁나절의 창문을 보면

아직도 나는 불빛에 손끝이 가만히 저린다

꿈속에선 자꾸

어린 내가 죄를 짓는답니다

잠에서 깨어난 아침마다

검은 연민이 몸을 뒤척여 죄를 통과합니다

바람이 통과하는 빨래들처럼

슬픔이 말라갑니다

잘 지내냐는 안부는 안 듣고 싶어요

안부가 슬픔을 깨울 테니까요

슬픔은 또다시 나를 살아 있게 할 테니까요

검게 익은 자두를 베어 물 때

손목을 타고 다디단 진물이 흘러내릴 때

아 맛있다,라고 내가 말하고

나 혼자 들어요.

리시안셔스

성동혁

눈을 기다리고 있다

서랍을 열고

정말

눈을 기다리고 있다

내게도 미래가 주어진 것이라면

그건 온전히 눈 때문일 것이다

당신은 왜 내가 잠든 후에 잠드는가

눈은 왜 내가 잠들어야 내리는 걸까

서랍을 안고 자면

여름에 접어 두었던 옷을 펴면

증오를 버리거나

부엌에 들어가 마른 싱크대에 물을 틀면

눈은 내게도 온전히 쌓일 수 있는 기체인가

당신은 내게도 머물 수 있는 기체인가

성에가 낀 유리창으로 향하는, 나의 침대맡엔

내가 아주 희박해지면

내가 아주 희미해지면

누가 앉아 있을까

마지막 애인에겐 미안한 일이 많았다

나는 이 꽃을 선물하기 위해 살고 있다

내가 나중에 아주 희박해진다면

내가 나중에 아주 희미해진다면

화병에 단 한 번 꽃을 꽂아 둘 수 있다면

2부

나는 내가 아프지 않았으면 좋겠어요

바닥이 나를 받아주네

양애경

날마다 한치씩 가라앉는 때

주변의 모두가 의자째 나를 타고 앉으려고 한다고

나 외의 모든 사람에겐

웃을 이유가 있을 거라고 생각될 때

집으로 돌아오는 밤길

눈길 스치는 곳곳에서

없는 무서운 얼굴들이 얼핏얼핏 보일 때

발바닥 우묵한 곳의 신경이

하루 종일 하이힐 굽에 버티느라 늘어나고

가방 속의 책이 점점 늘어나

소용없는 내 잡식성의 지식의 무게로

등을 굽게 할 때

나는 내 방에 돌아와

바닥에 몸을 던지네

모든 짐을 풀고

모든 옷의 단추와 걸쇠들을 끄르고

한쪽 볼부터 발끝까지

캄캄한 속에서 천천히

바닥에 들러붙네

몸의 둥근 선이 허락하는 한도까지
온몸을 써서 나는 바닥을 잡네
바닥에 매달리네

땅이 나를 받아주네
내일 아침
다시 일어날 수 있을 거라고
그녀가 나를 지그시 잡아주네.

눈을 감고

박
준

눈을 감고 앓다보면

오래전 살다 온 추운 집이

이불 속에 함께 들어와

떨고 있는 듯했습니다

사람을 사랑하는 날에는

길을 걷다 멈출 때가 많고

저는 한 번 잃었던

길의 걸음을 기억해서

다음에도 길을 잃는 버릇이 있습니다

눈을 감고 앞으로 만날

악연들을 두려워하는 대신

미시령이나 구룡령, 큰새이령 같은

높은 고개들의 이름을 소리내보거나

역(驛)을 가진 도시의 이름을 수첩에 적어두면

얼마 못 가 그 수첩을 잃어버릴 거라는

이상한 예감들을 만들어냈습니다

혼자 밥을 먹고 있는 사람에게
전화를 넣어 하나하나 반찬을 물으면
함께 밥을 먹고 있는 것 같기도 했고

손을 빗처럼 말아 머리를 빗고
좁은 길을 나서면

어지러운 저녁들이
제가 모르는 기척들을

오래된 동네의 창마다
새겨넣고 있었습니다

생각담요 아래 살다

박연준

바람이 덩어리로 지나다니는 겨울,

저녁입니다

무거워진 생각을 발끝으로 차며 걷는데

별안간 생각은 오래전

아랫목에 펼쳐놓은 밍크담요가 되어

펄럭이다 따뜻해집니다

안을 들춰보니

작고, 고요하고, 가느다란 옛날이

아무것도 모른 채 살고 있었습니다

어깨가 굽은 순한 가장들과

콩나물국에 밥을 말아 먹는 식구들

골목과 마당과 연탄 속을 뛰어다니다 잠든 쥐들

같이 살던, 쥐들

점선으로 걸음을 그리며 다가오던 저녁도

여전히 살고 있었습니다

다시 담요를 덮고

주문을 외우고 눈을 감으니

골목을 데리고 사라지던

두부장수 종소리

느리게 오는 기억은 오는 동안

귀퉁이를 잃지요

담요 아래서나 살지요

차가워진 턱 아래를 만져봅니다

지붕 아래 숨어 사는 고드름들이

한꺼번에 물이 되어 쏟아질 듯

흔들립니다

풀밭에 서면 마치 내게 밑줄이 그어진 것 같죠

이원하

나는 밝은 곳에 갇혀 살면서도
바라는 것이 많아요
빛이 나를 뒤흔들었으면 좋겠어요

주머니에 갇혀 살면
과일이 되고 싶을 거고요

소원이 이루어진 다음날 아침에는
또다른 소원을 빌 것 같아요

아픔도 거뜬히 원해요

아픔이 그리운 날엔
베개 모서리로 내가 나를 긁죠

그런데요, 최근에
난생처음 뒷모습이란 걸 봤는데요
말문이 막힐 뻔했어요

그림자라면 발목이라도 잡고
끌고 다닐 텐데 뒷모습은

잡으려 할수록 쪼개지고 있었거든요

나는 내가 아프지 않았으면 좋겠어요

비가 겨울엔 쉬어가는 것처럼
겨울이 오기 전에
내게도 어떠한 조치가 필요해요

같이 걸을 사람은 없지만
풀밭에 나가볼까요

풀밭은 꽃을 들고 서 있지 않아도
내게 밑줄을 그어주는 곳이니까요

단단한 고요

김선우

마른 잎사귀에 도토리알 얼굴 부비는 소리 후두둑 뛰어내
려 저마다 멍드는 소리 멍석 위에 나란히 잠든 반들거리는
몸 위로 살짝살짝 늦가을 햇볕 발 디디는 소리 먼 길 날아
온 늙은 잠자리 체머리 떠는 소리 맷돌 속에서 껍질 타지며
가슴 동당거리는 소리 사그락사그락 고운 뼛가루 저희끼리
소근대며 어루만져주는 소리 보드랍고 찰진 것들 물 속에
가라앉으며 안녕 안녕 가벼운 것들에게 이별인사 하는 소리
아궁이 불 위에서 가슴이 확 열리며 저희끼리 다시 엉기는
소리 식어가며 단단해지며 서로 핥아주는 소리

　　도마 위에 다갈빛 도토리묵 한모

　　모든 소리들이 흘러 들어간 뒤에 비로소 생겨난 저 고요
　　저토록 시끄러운, 저토록 단단한,

말
2

임
선
기

기억나지 않는 먼 길을 걸어

온 말을 적습니다

떠날 수 없도록

묶습니다.

하지만 떠나는군요

나의 말 아닌 것처럼.

나는 하릴없이 들을 갖습니다.

어떤 말은 오래전 나의

말이라는군요

하지만 나의 말은 님의 말

님의 말은

이 들판으로만 오고 집니다.

벽 속의 편지

— 네 집 뒤에서

강은교

네 집 뒤에서 울고 있네

그 눈물이 현관을 두드려

문을 열어주네

눈물은 마루로 올라와

이윽고 방으로

내 이불 속에 들어와 눕네

가만가만 물어보네

눈물 한방울은 너무 큰 것인가

아니면

너무 작은

것인가,고.

기억을 버리는 법

김혜수

버리자니 좀 그런 것들을

상자 속에 넣어 높은 곳에 올려놓는다

가끔 시선이 상자에 닿는다

쳐다보고만 있자니 좀 그런 것들을

더 큰 상자에 넣어 창고 속에 밀어버린다

창고 속에서 먼지를 뒤집어쓰고

모서리가 삭아내리는 것들

자주 소멸을 꿈꾸며

닳아 내부조차 지워져버린 것들

가끔 생각이 창고에 닿는다

고요한 어둠속에서 점차

생각조차 희박해지고

창고를 넣을 더 큰 상자가 없을 때

그때 상자 속의 것들은 버려진다

나도, 자주, 그렇게 잊혀갔으리라

알 수 없어요

황인숙

내가 멍하니 있으면

누군가 묻는다

무슨 생각을 그리 골똘히 하느냐고

내가 생각에 빠져 있으면

누군가 묻는다

왜 그리 멍하니 있느냐고

거미줄처럼 얽힌 복도를 헤매다 보니

바다,

바닷가를 헤매다 보니

내 좁은 방.

수국(水菊)

정한아

잉크가 마르는 동안 나는 사랑했네

부끄럼 없이 꺾은 꽃봉오리 한 채의 수줍음과

그 千의 얼굴을

한 꽃의 일평생 차마

입에 담지 못할 망설임

열 길 물속

다 들켜버린 마음

나 사랑하는 동안 시들고 비틀린

열매 없는 창백한 입술들이여

똑같은 꽃은

두 번 다시 피지 않는 것을;

이 모든 것은 헛되고 헛되었으나

세상은 언제나 완전했네

저녁나절

박
형
준

반지하 창문 앞에는

늘 나무가 서 있었지

그런 집만 골라 이사를 다녔지

그 집들은

깜빡 불 켜놓고 나온 줄 몰랐던

저녁나절을 얼마나 많이 갖고 있었던가

산들바람이 부는 저녁에

집 앞에서

나는 얼마나 많이 서성대며 들어가지 못했던가

능금나무나 살구나무가 반지하 창문을

가리던 집,

능금나무는

살구나무는

산들바람에

얼마나 많은 나뭇잎과 꽃잎을 가졌는지

반지하 창문에서 흘러나오는 불빛에

떨어지기만 했지

슬픔도 환할 수 있다는 걸

아무도 없는데 환한

저녁나절의 반지하집은 말해주었지

불 켜진 저녁나절의 창문을 보면

아직도 나는 불빛에 손끝이 가만히 저린다

그리고 날들

— Bitter Moon

신용목

세상의 모든 외로움이 밥을 먹을 시간이다,

백반집 앞에

빨간 오토바이가 받쳐 있고

여섯시 반에 아이들을 내려놓고 가는 노란 버스

일곱시면 경종 소리가 들리지

밥을 삼키면,

나는 입을 가졌구나 부드러운 목을 가졌구나 따뜻한 배
를 가졌구나

알게 된다

일곱시면 철길 앞에 내려오는 차단막, 그 너머로 아이들
이 들고 뛰는 삼색 리본 같은 것들이 휘날린다

비 오는 밤 외진 골목처럼 형광등 뜬 미역국에 얼굴을 비
쳐봤을 뿐인데

미안하다, 마음이 돌아오지 않아 나갈 수가 없다

그냥 밥을 먹으며

나는 입을 가졌고 목은 부드러우며 배는 따뜻하다

이렇게 생각한다

일생을 두고 가장 힘든 일을 떠올리듯이

일곱시가 되기를 기다려, 차단막 너머 삼색 리본의 긴 휘
날림 속으로 빨려들듯이

그리고 아무 일도 없을 것이다 지나가는 기차를 바로 앞
에서 바라볼 때처럼

칸칸이 환한 창의 얼굴들을 모두 놓치고

경종 소리를 내며

아이들의 거리에서 일곱시가 사라지고,

빨강 노랑 파랑

괜히 세가지 색깔을 대보듯

나의 입과 나의 목과 나의 배에 대해

나의 입과 나의 목과 나의 배……라고 중얼거리며 미안하
다, 나는 밥을 먹는다

공원의 두이

이
제
니

어디로 가든 마찬가지라면 굳이 떠날 필요가 있을까. 공원은 자란다. 무럭무럭 자란다. 공원 밖은 공원, 공원 밖은 공원, 공원 밖은 공원. 언제부터 우린 이곳에 갇혀 있었던 걸까. 너무 넓어 갇힌 줄도 모르겠구나.

눈을 감으면 슬픈 노래처럼 두이의 목소리가 어른거린다. 두이, 내 검은 망막의 스크린 위에서 뛰노는 진회색의 작은 털뭉치, 오래전 잃어버린 갈색의 책, 열리지도 닫히지도 않는 어두운 다락방. 떠나기 전 두이는 소심하게 몇번 공중제비를 돌았다. 두 귀를 날개처럼 펄럭이면서. 마지막이라는 신호로. 나는 작고 진실하고 잘 우는 것들에만 귀가 열린다. 우린 너무 가까워 들리지 않는 귓속말 같구나.

비밀의 서랍 같은 얼굴로, 라일락이 돋아난 얼굴로, 공원 벤치에 앉아 있었다. 두이의 벤치에서 두이가 바라봤던 풍경들을 바라보면서. 인생이란 결국 두 개의 의자 사이를 왔다갔다하는 일. 이 의자에서 저 의자로, 저 의자에서 이 의자로. 네 목소리 위에 내 목소리를, 내 목소리 위에 네 목소리를 덧입혀보는 일.

이제 남은 일은 말하지 못한 말들을 삼키거나 뜻 없는 문장들의 뜻 없는 의미를 뒤늦게 알아차리는 일뿐. 공원의 이 끝에서 저 끝까지 하염없이 걸으면서. 울적하고 피로한 제자리걸음으로. 공원 밖은 공원, 공원 밖은 공원, 공원 밖은 공원. 무럭무럭 지상의 공원들이 자라나는 밤. 닿을 수 없는 그 모든 것들을 두이라고 부르기로 했다.

돌의 여름, 플라타너스

고형렬

그 거리를 나 혼자 거니는 것 같다

정문과 옥상에서 갈망의 깃발들이 펄럭인다

어디서 불어오는 것일까

도시는 너무나 조용해 죽음만큼 적막하다

그들은 모두 어디로 갔을까

정치도 분노도 없고 잡지도 기억도 없다

플라타너스 아래 웅덩이 물결이 반짝인다

실외기 소음이 들린다

다시 눈을 감는다 언제 눈을 뜰지 알 수 없다

누군가 저쪽에 살아 있는 것 같다

돌이 될 수 있는 것은 완전무결의 망각뿐

나는 저쪽의 여름을 기억하지 못한다

우리는 지구에서 고독하다

이
원

7cm 하이힐 위에 발을 얹고

얼음 조각에서 녹고 있는 북극곰과 함께
우리는 지구에서 고독하다

불이 붙여질 생일 초처럼 고독하다
케이크 옆에 붙어온 플라스틱 칼처럼
한 나무에 생겨난 잎들만 아는 시차처럼
고독하다

식탁 유리와 컵이 부딪치는 소리

죽음이 흔들어 깨울 때
매일매일 척추를 세우며 우리는
지구에서 고독하다

텅 빈 영화상영관처럼
파도 쪽으로 놓인 해변의 의자처럼
아무 데나 펼쳐지는 책처럼
우리는 지구에서 고독하다

오늘의 햇빛과 함께

문의 반복처럼
신발의 번복처럼
번지는 물처럼

우리는 고독하다

손바닥만 한 개에 목줄을 매고
모든 길에 이름을 붙이고
숫자가 매겨진 상자 안에서

천 개가 넘는 전화번호를 저장한 휴대폰을 옆에 두고
벽과 나란히 잠드는 우리는
지구에서 고독하다

꼭 껴안을수록 뼈가 걸리는 당신을 가진
우리는 지구에서 고독하다

하나의 창에서

인간의 말을 모르면서도
악을 쓰며 우는 신생아처럼
침을 흘리며 엄마를 찾는 노인처럼

물을 마시고
다리를 접고 펼치고
반은 침묵
반은 허공

체조 선수처럼

우리는 지구에서 고독하다

제 속을 불 지르고 만 새벽 두 시 도로처럼 고독하다
열두 살에 죽은 아이의 수목장 나무 앞에 놓인 딸기우유
처럼 고독하다

막힌 문을 향해 뛰어가는 비상구 속 초록 인간과 함께
우리는 지구에서 고독하다

시체를 뜯어 먹는 독수리들과 함께

높은 곳의 바람과 함께

다른 말을 하나로 알아듣는 이상한 경계와 함께

우리는 고독하다

흰 변기가 점령한 지구에서 우리는 고독하다

변기의 무릎을 갖게 된 우리는

지구에서 고독하다

펭귄은 지구에서 고독하다

토끼는 지구에서 고독하다

오로지 긴 귀가 머리 위로 솟아 있다

주파수 93.1MHz가 잡히는 지구는 고독하다

모
래
한
알
로
사
는
법

박
규
리

황사가 산을 뒤덮은 날
눈에 죽염수를 넣고 울다

사람이 밟아선 한치도 낮출 수 없는 산
한줄 작열하는 햇살에
갈가리 부서졌다
만리허공을 날아 살아 있는 것들은
모조리 덮고 있다
어떤 무서운 힘이 이토록 고요할 수 있던가

온몸으로 맞섰던 바람 속에서
그랬다, 나는 한치도 무너지지 못했다
가슴 아픈 세상 한뼘도 덮어주지 못했다

더이상 버릴 것 없는,
다시 돌아설 곳 없는 막막한 산 위에 서서
이제야 한 알 모래로 부서져
오장육부를 뒤덮고, 온몸을 흐르기 시작하는
사막이 된 것은 아니냐

이제 내 불모의 땅에

한줌 풀씨를 떨어뜨리지는 않겠다

모래 한 알에 깃들인 세상이

눈물겹게 일어섰다 사라지는 장관을 바라보며

모래 한 알로,

아주 작게 사는 법을 천천히 생각해보다

둥근 등

김
사
인

귀 너머로 성근 머리칼 몇올 매만져두고

천천히 점방 앞을

천천히 놀이터 시소 옆을

쓰레기통 고양이 곁을

지난다 약간 굽은 등

순한 등

그 등에서는 어린 새도 다치지 않는다

감도 떨어져

터지지 않고 도르르 구른다

남모르게 따뜻한 등

업혀 가만히 자부럽고 싶은 등

쓸쓸한 마음은 안으로 품고

세상 쪽으로는 순한 언덕을 내어놓고

천천히 걸어 조금씩 잦아든다

이윽고

둥근 봉분 하나

철 이른 눈도 내려서 가끔 쉬어가는

물속에서

진은영

가만히 어둠 속에서 누군가를 기다리는 일

내가 모르는 일이 흘러와서 내가 아는 일들로 흘러갈 때
까지

잠시 떨고 있는 일

나는 잠시 떨고 있을 뿐

물살의 흐름은 바뀌지 않는 일

물속에서 누군가를 기다리는 일

푸르던 것이 흘러와서 다시 푸르른 것으로 흘러갈 때까지

잠시 투명해져 나를 비출 뿐

물의 색은 바뀌지 않는 일

(그런 일이 너무 춥고 지루할 때

내 몸에 구멍이 났다고 상상해볼까?)

모르는 일들이 흘러와서 조금씩 젖어드는 일

내 안의 딱딱한 활자들이 젖어가며 점점 부드러워지게

점점 부풀어오르게

잠이 잠처럼 풀리고

집이 집만큼 커지고 바다가 바다처럼 깊어지는 일

내가 모르는 일들이 흘러와서

내 안의 붉은 물감 풀어놓고 흘러가는 일

그 물빛에 나도 잠시 따스해지는

그런 상상 속에서 물속에 있는 걸 잠시 잊어버리는 일

풀

이
기
성

하나의 감정을 버리고
너는 사람이 되었다

사람이 되기 위해 나는
하나의 감정을 더하고

밤에는 새들이 와서
몇 개의 감정을 물고 사라졌다

베어 문 사과처럼
가장자리가 붉게 썩어가고
신 침이 흐르는 감정

밤하늘처럼 조금씩 다가와서
너를 이루었다가 다시 흩어졌다

너를 묻고 나는
노래하는 사람이 되었다

너를 위해서
조금의 감정이 필요하고
그것은 풀처럼 조용한 것이다

반복이 우리를 자라게 할 수 있을까

아무 다짐도 하지 않기로 해요

유병록

우리

이번 봄에는 비장해지지 않기로 해요

처음도 아니잖아요

아무 다짐도 하지 말아요

서랍을 열면

거기 얼마나 많은 다짐이 들어 있겠어요

목표를 세우지 않기로 해요

앞날에 대해 침묵해요

작은 약속도 하지 말아요

겨울이 와도

우리가 무엇을 이루었는지 돌아보지 않기로 해요

봄을 반성하지 않기로 해요

봄이에요

내가 그저 당신을 바라보는 봄

금방 흘러가고 말 봄

당신이 그저 나를 바라보는 봄

짧디짧은 봄

우리 그저 바라보기로 해요

그뿐이라면

이번 봄이 나쁘지는 않을 거예요

너라는 문장

공광규

백양나무 가지에 바람도 까치도 오지 않고
이웃 절집 부연(附椽) 끝 풍경도 울지 않는 겨울 오후

경지정리가 잘된 수백만평 평야를
흰 눈이 표백하여 한장 원고지를 만들었다

저렇게 크고 깨끗한 원고지를 창밖에 두고
세상에서 가장 깊고 아름다울 문장을 생각했다

강가에 나가 갈대 수천그루를 깎아 펜을 만들어
까만 밤을 강물에 가두어 먹물로 쓰려 했으나

너라는 크고 아름다운 문장을 읽을 만한 사람이
나 말고는 이 세상에 없을 것 같아서

저 벌판의 깨끗한 눈도 한 계절을 넘기지 못할 것 같아서
그만두기로 결심하였다

발목 푹푹 빠지던 백양리에서 강촌 가던 저녁 눈길에
백양나무 가지를 꺾어 쓰고 싶은 너라는 문장을

스파클링

이
지
아

여름비는 탄산처럼 내려

갈 곳이 없어서 친구네 회사에

모두 퇴근하고 사무실은 조용해

책상에 올라앉아 밖을 봐

다리를 흔들면서 오늘은 안녕

건물과 사람들이 많이 컸어

친구는 나보다 일을 잘해

가슴에 안기면 친구 턱에 맺혔던

눈물이 내 눈 속에 떨어져

한 방울 눈물이 운동을 하지

그걸 눈동자라 해 우리는 복사기를 같이 사용했고

창가에 앉아 사이다를 마셨어

투명한 달팽이가 투명한 해골을 찾으러 떠나가

우리는 최선의 앞날을 동정했지

우리는 대회의실에서 길고 부드러운 수분을 나눠

우리는 어둡게 굴러가 우리는 흥분했지

친구는 카펫 끝까지 하얀 얼룩을 세게 날려

신나게 박수를 쳤어

나는 친구 귀에 대고 속삭였어

1층 편의점은 멀리 있다

밝은 곳에서 비틀거리는 몸이 많을 텐데

싫으면 하지 않아도 된대

하지만 빨대는 마음대로 가져가도 된다

블루투스 기기 1개가 연결되었습니다

김은지

영국은

외로움을 관리할

전담 장관을 뽑았다고 한다

파란빛이 도는

블루투스 문양을 따라 그린다

이런 무늬는 누가 만들었을까

바쁘시죠,

내가 먼저 묻는 건

기꺼이 외로움을 선택하고 싶어서

혼자 밥을 잘 먹고

일기장을 버릴 수 있고

책에서 가붓하다라는 단어를 발견했을 땐

메모장에 적어두었지만

오늘은 듣고 싶었다

이름을 모르는 사람이

담담하게 엄마가 돌아가신 얘기를 하며

이사해야 하는 사정을 말하는데

달빛이 드리우는 방에 산다는

그 사람의 이야기를 끝까지 듣고 싶었다

두 시간씩 전철을 타고 와

후회를 털어놓고

요즘 듣는 노래를 물어보는 밤

켠 적 없는 블루투스가 연결되었다

어떤 날들이 찾아왔나요

유
희
경

어떤 날들이 찾아왔나요 낯선 구름이 드리워진 푸른 초원에는 양 떼 같은 빛 자국 말도 못하는 울음 그건 대체 무슨 색인가요

답할 줄 모르는 어리석은 마음이 소낙비처럼, 닿지는 않고 젖어갑니다 당신은 알고 있을까 울음이 어디까지 갔는지 자취는 보이지 않고 멀리 가는데

밤이 찾아오고 몰래 초원의 들판이 아득하게 덮여 구름과 구별되지 아니할 때 자박자박 발자국을 내는 것은 달빛이 아닐 거예요

그 밤엔 낡고 흐린 담요를 덮어줄게요 당신은 당신을 키워요 당신을 삼켜요 당신을 비밀로 삼아요 나는 당신을 업고 밤을 다 걷겠어요 그러니 아무도 몰래

아무도 몰래 어떤 날들이 찾아왔나요 당신과 내가 서 있는 이 초원 위엔 목마른 안타까움이 떠돌고 밤은 아직도 한창인데,

얼룩말 시나리오

이근화

외롭다고 느끼는 나를 뭐라고 할까

펭귄이라 하고 서 있을까 한 시간쯤 두 시간쯤

만타가오리의 비행이라 할까

바다는 내게 무엇이었을까

구름을 배경으로 나의 등은 어떤 무늬일까

한 줄 한 줄 뜨개질을 하다보면

손은 사라지고 눈이 더 많아지는 것 같다

이 계절에는 더 이상 할 일이 없다

큰 잠자리 작은 잠자리 하늘에 그물을 던진다

나를 문 건 때아닌 모기일까

어느새 늘어난 집개미일까

들쥐의 동그랗고 까만 이빨일까

쯔쯔가무시의 발병률이 늘었다고 한다

질병도 유행이 있다니 멋지다

지붕을 물어뜯는 것은 한 무리의 별들

이빨 자국은 선명하고

아침에는 탁상시계가 울까 웃을까

지붕 위의 새들은 몇 번째 깨어날까

머리카락은 아래로 아래로 자라고

외롭다고 느끼는 나를 뭐라고 할까

펭귄의 무덤이라 하고 누울까

바위의 감정을 읽고 똑같은 표정을 만들 수 있을까

외롭다고 느끼는 나를 뭐라고 해도 괜찮다

기슭에 다다른 당신은

나
희
덕

당신은 그러지 말았어야 했다
막다른 기슭에서라도 그러지 말았어야 했다

무언가 끝나가고 있다고 느낄 때
산이나 개울이나 강이나 밭이나 수풀이나 섬에
다른 물과 흙이 섞여들기 시작할 때

당신은
기슭에 다다른 당신은
발을 멈추고 구름에게라도 물었어야 했다
산을 내려오는 산에게
길을 잃고 머뭇거리는 길에게 물었어야 했다

물결에 몸이 무작정 젖어드는 그곳을
우리는 기슭이라고 부르지

신이나 짐승과 마주치곤 하는 산기슭
포클레인이 모래를 퍼올리는 강기슭
풀벌레 날아다니는 수풀기슭

기슭이라는 말에는 물기나 소리 같은 게 맺혀 있어

사람과 사람이 만나서 생겨난 비탈 끝에는

어떤 기슭이 기다리고 있는지

빛이 더이상 빛을 비추지 못하게 되었을 때

마지막 돌부리에 걸려 넘어졌을 때

그래도 당신은 그러지 말았어야 했다

모든 무서움의 시작 앞에 눈을 감지는 말았어야 했다

간단합니다

임
지
은

지금이 몇 시인지 알고 싶다면 시계를 보면 됩니다

나는 어디로도 갈 수 있고
어디로든 가지 않을 수도 있고
좀더 복잡해질 수도 있습니다

함부로, 쉽게, 간단하게
지워버려도 의미가 변하지 않는다는 이유로 부사를 사랑
합니다

한없이 가벼운 자세를 지니고 있다는 점에서
의자를 신뢰합니다

설탕을 빼버리면 이 세계의 복숭아는 모두 상해버리고
통조림 안의 복숭아는 안전합니다

간단합니다
얼마간 부사가 되어 있겠습니다

그건 검은 해변에 운동화를 놓고 오는 일
잘 닦인 유리창에 지문을 남기는 일

줄넘기 없이 수요일을 뛰어넘는 일

아프리카로는 갈 수 없지만
내일로 갈 수 있을 만큼 다리가 길어집니다

얼굴은 내 것이지만 타인의 영향 아래 있습니다
구름도 어쩔 수 없는 날씨가 있습니다

저기 뒤뚱거리며 걸어가던 기분이 넘어집니다
펭귄처럼, 거꾸로, 각별하게

아
프
면 안된다던 말

이
영
광

아프면 안된다

아프지 말아야 한다

아프면 앓고,

앓다가 숨 멎으면 내다 묻는

그런 곳 그러한 세월에

아프면 안되었다

아프지 말아야 한다고

아픈 듯 슬픈 듯 다짐받던

식구들 번갈아 앓아눕고

픽픽 쓰러지는 동안

나는 한번도 앓아눕지 않았다

마흔도 한참 넘어 처음 몸살에 시달릴 때

귀신한테 깔려 매 맞는 것 같던 때

아픈 사람이, 아프면 안된다니

당신 날 웃기려는 거지?

그녀가 말했다

그렇게 헛소리한 게 맞았을 것이다

정신없이,

나는 아프지 않았다

식구들 생각난다
아프면 안되다니,
그런 코미디를 하면서도
웃지도 않고 살다 간

삶

김
용
택

매미가 운다.

움직이면 덥다.

새벽이면 닭도 운다.

하루가 긴 날이 있고

짧은 날이 있다.

사는 것이 잠깐이다.

사는 일들이 헛짓이다 생각하면,

사는 일들이 하나하나 손꼽아 재미있다.

상처받지 않은 슬픈 영혼들도 있다 하니,

생이 한번뿐인 게 얼마나 다행인가.

숲 속에 웬일이냐, 개망초꽃이다.

때로 너를 생각하는 일이

하루종일이다.

내 곁에 앉은

주름진 네 손을 잡고

한 세월 눈감았으면 하는 생각,

너 아니면 내 삶이 무엇으로 괴롭고

또 무슨 낙이 있을까.

매미가 우는 여름날

새벽이다.

삶에 여한을 두지 않기로 한,

맑은

새벽에도 움직이면 덥다.

사는 일이 바로 신비

이성선

죽어서 우리는
어디로 갈까.

죽어서 우리는
어느 하늘에 살까.

가지와 가지 사이에
비치는 저 허공이

풀잎과 풀잎 사이
저 붉은 노을이

죽어서 내가 돌아가 사는
절간이 될까.

나는 안다.

놀랍게도 다시 돌아와
우리는 여기 산다.

이 진실은

신비다.

내 세상 모두를
받들어 공손하면

사는 일이 바로 신비.

사는 일
두려움 없어라.

누구에게라도 미리 묻지 않는다면

문태준

나는 스케치북에 새를 그리고 있네

나는 긴 나뭇가지를 그려넣어 새를 앉히고 싶네

수다스런 덤불을 스케치북 속으로 옮겨 심고 싶네

그러나 새는 훨씬 활동적이어서 높은 하늘을 더 사랑할
지 모르지

새의 의중을 물어보기로 했네

새의 답변을 기다려보기로 했네

나는 새의 언어로 새에게 자세히 물어

새의 뜻대로 배경을 만들어가기로 했네

새에게 미리 묻지 않는다면

새는 완성된 그림을 바꿔달라고

스케치북 속에서 첫울음을 울기 시작하겠지

특별한 일

이규리

도망가면서 도마뱀은 먼저 꼬리를 자르지요

아무렇지도 않게

몸이 몸을 버리지요

잘려나간 꼬리를 얼마간 움직이면서

몸통이 달아날 수 있도록

포식자의 시선을 유인한다 하네요

최선은 그런 것이에요

외롭다는 말도 아무때나 쓰면 안 되겠어요

그렇다 해서

특별한 일이 일어나지는 않아요

어느 때, 어느 곳이나

꼬리라도 잡고 싶은 사람들 있겠지만

꼬리를 잡고 싶은 건 아니겠지요

와중에도 어딘가 아래쪽에선

제 외로움을 지킨 이들이 있어

아침을 만나는 거라고 봐요

물
의
방

이
혜
미

파문이 시작되는 곳에 두 개의 원이 있었다. 테를 두르며 퍼져나가는 동그라미 동그라미들. 너와 나는 끊임없이 태어나는 중인 것 같아, 물속에 오후를 담그고 우리의 방(房)은 빛나는 모서리를 여럿 매달았다. 수면을 향해 아무리 불러도 충분하지 않은 노래였고, 그저 유영하기 위해 한껏 열어둔 아가미였지. 그래 우리는 만져줄수록 흐려지고 미천해지는 병에 걸렸어. 투명한 벽에 이마를 짓찧으며 여러 날을 낭비했었다. 단단한 눈물을 흘렸고, 얼굴이 사라지는 대신 아름답게 구부러진 다리를 얻었다. 유리 너머로 흐르던 색들이 우리 몸에서 묻어난다. 짧고, 하얀 소리가 났다.

한 사람이 있는 정오

안미옥

어항 속 물고기에게도 숨을 곳이 필요하다

우리에겐 낡은 소파가 필요하다

길고 긴 골목 끝에 사람들이 앉아 있었다

작고 빛나는 흰 돌을 잃어버린 것 같았다

나는 지나가려고 했다

자신이 하는 말이 어떤 말인지도 모르는 사람이

진짜 같은 얼굴을 하고 있었다

반복이 우리를 자라게 할 수 있을까

진심을 들킬까봐 겁을 내면서

겁을 내는 것이 진심일까 걱정하면서

구름은 구부러지고 나무는 흘러간다

구하지 않아서 받지 못하는 것이라고

나는 구할 수도 없고 원할 수도 없었다

맨손이면 부드러워질 수 있을까

나는 더 어두워졌다

어리석은 촛대와 어리석은 고독

너와 동일한 마음을 갖게 해달라고 오래 기도했지만

나는 영영 나의 마음일 수밖에 없겠지

찌르는 것

휘어감기는 것

자기 뼈를 깎는 사람의 얼굴이 밝아 보였다

나는 지나가지 못했다

무릎이 깨지더라도 다시 넘어지는 무릎

진짜 마음을 갖게 될 때까지

4부

몸을 지나가도 상처가 되지 않는 바람

봄의 정치

고
영
민

봄이 오는 걸 보면

세상이 나아지고 있다는 생각이 든다

봄이 온다는 것만으로 세상이 나아지고 있다는

생각이 든다

밤은 짧아지고 낮은 길어졌다

얼음이 풀린다

나는 몸을 움츠리지 않고

떨지도 않고 걷는다

자꾸 밖으로 나가고 싶은 것만으로도

세상이 나아지고 있다는 생각이 든다

몸을 지나가도 상처가 되지 않는 바람

따뜻한 눈송이들

지난겨울의 노인들은 살아남아

하늘을 올려다본다

단단히 감고 있던 꽃눈을

조금씩 떠보는 나무들의 눈시울

찬 시냇물에 거듭 입을 맞추는 고라니

나의 딸들은

새 학기를 맞았다

내가 새라면

김
현

걸어다닐 수 있겠지

겨울 갈대숲을

황량한 곳

정신이 깨끗한 손가락으로 턱을 괴는 곳

가끔 진흙탕에 발이 빠지기도 하고

삶이 진창이라는 것을

사랑하는 이의 어깨 위에서 알려줄 수 있겠지

어둠 속에서 진흙이 다 말라

떨어질 때

포르릉 사랑하는 이의 정신 속에 있는

진리의 나라로 날아가

갈대숲에 남기고 온 발자국을 노래할 수 있겠지

흙으로 만든 지혜의 징검다리와

그 사이로 몇번씩 개입되는 슬픔과

무리 지어 서쪽 하늘로 사라지는 고독을

부모는 죽고 죽은 부모가 살아생전 모셨던 믿음이 깨지고

그때

우리가 얼마나 불효자식들인지

당신이 옳아요

당신의 팔다리와

당신이 죽은 고양이를 그리워하며 흘리는 눈물이

그 고양이가 통째로 잡아먹은 당신의 새가

내가 새라면 날 수 있겠지

단 한번의 날갯짓으로

검은 비 떨어지는 창공으로 날아올라

추락을 살 수 있겠지

겨울 갈대숲

발자국 위에서 볼 수 있겠지

멀리

날아가는 한마리 새

네로

—

사랑받았던 작은 개에게

다니카와 슌타로

네로

이제 곧 또 여름이 온다

너의 혀

너의 눈

너의 낮잠 자는 모습이

지금 또렷이 내 앞에 되살아난다

너는 단지 두 번의 여름을 알았을 뿐이었다

나는 벌써 열여덟번째의 여름을 알고 있다

그리고 지금 나는 내 것과 또 내 것이 아닌 여러 여름을

떠올리고 있다

메종 라피트의 여름

요도의 여름

윌리엄즈 파크 다리의 여름

오랑의 여름

그리고 나는 생각한다

인간은 도대체 이미 몇 번 정도의 여름을 알고 있을까 하고

네로

이제 곧 또 여름이 온다

그러나 그것은 네가 있던 여름은 아니다

또 다른 여름

전혀 다른 여름인 것이다

새로운 여름이 온다

그리고 새로운 여러 가지를 나는 알아차린다

아름다운 것 미운 것 나를 힘차게 만들 것 같은 것

나를 슬프게 만들 것 같은 것

그리고 나는 묻는다

대체 무엇일까

대체 왜일까

도대체 어떻게 해야 할 것인가를

네로

너는 죽었다

아무도 모르게 혼자 멀리 가서

너의 목소리

너의 감촉

너의 기분까지가

지금 또렷이 내 앞에 되살아난다

하지만 네로

이제 곧 여름이 온다

새롭고 무한하게 넓은 여름이 온다

그리고

나 역시 걸어가리라

새로운 여름을 맞고 가을을 맞고 겨울을 맞아

봄을 맞아 더욱 새로운 여름을 기대하여

온갖 새로운 것을 알기 위해

그리고

온갖 나의 물음에 스스로 답하기 위해

가을

박
시
하

변하지 않는 것들이 있다

서늘한 첫 바람

옆에서 걷는 사람의 온도

달이 둥글어진다는 사실

구름이 그 달을 가끔 안아준다는 것

별들의 생명도 꺼진다

그래서 알게 되었지

결국 쇠락하는 모든 것들이

얼마나 아름다운지

자라나는 손톱을 깎아내며

시간에게 기도를 한다

사라진 목소리가

나뭇잎이 색을 바꾸는 것처럼

더 아름다워진다

한 번도 내 것인 적 없던

너의 얼굴이

더 아름다워진다

어둠도 빛이다

변하지 않는 합창

달의 멜로디를 듣는다

한 번도 같은 적 없던

너의 눈빛

앞에서 계절이 걸어간다

기
도

이
정
록

한겨울 연못 연밥 본다

그을린 가마솥 본다 저게 연의 가슴이구나

눈보라가 밥물을 잡자 살얼음이 가늠한다

낱알마다 다시 작은 솥단지가 하나씩이다

연잎과 연꽃이 우러러 받든 하늘

그 하늘의 휘파람을 겨우내 끓이면 봄이 온다

진흙공책에다 고개를 꺾는 복학의 계절이다

이곳저곳에 밑줄 긋지 말자

꺾인 연밥의 고개를 세우고 상처를 쓰다듬는다

이렇듯 밑줄은 단 한 번만 긋는 것이다

끝내 이루고자 하는 것은 마침표부터 찍는다

기도는 그 마침표에서 싹을 꺼내는 것

꽃과 밥은 언제나 무릎에 주시었나니

두 무릎에 연꽃이 필 때까지

사랑스런 추억(追憶)

윤동주

봄이 오던 아침, 서울 어느 쪼그만 정거장(停車場)에서
희망(希望)과 사랑처럼 기차(汽車)를 기다려,

나는 플랫폼에 간신한 그림자를 떨어뜨리고,
담배를 피웠다.

내 그림자는 담배연기 그림자를 날리고
비둘기 한떼가 부끄러울 것도 없이
나래 속을 속, 속, 햇빛에 비춰, 날았다.
기차(汽車)는 아무 새로운 소식도 없이
나를 멀리 실어다 주어,

봄은 다 가고——동경교외(東京郊外) 어느 조용한
하숙방(下宿房)에서, 옛거리에 남은 나를 희망(希望)과
사랑처럼 그리워한다.

오늘도 기차(汽車)는 몇 번이나 무의미(無意味)하게 지나가
고,

오늘도 나는 누구를 기다려 정거장(停車場) 가까운 언덕
에서

서성거릴게다.

—아아 젊음은 오래 거기 남아 있거라.

트
램
펄
린

허
연

그런 것들이다 내가 아쉬운 건

트램펄린에 오를 때

나는 이미 처지가 정해져 있었고

그걸 누구에게 묻지는 못했고

트램펄린 밖으로 떨어진 소년

최선을 다해서 태연하고 최선을 다해서 일어서는 소년

그런 것들이다 언제나

어른들은 타협하고 소년들은 트램펄린에서 떨어지고

그런 것들이다 내가 아쉬운 건

하지만

트램펄린에 오를 때

이미 준비된 실패라는 걸 알았고

예정된 마지막 장면을 후회하지도 않았고

그냥 트램펄린이란 트램펄린은 모두 불태워졌으면 좋겠다

자꾸 오르게 되니까

또 최선을 다해 떨어질 테니까

떨어질 처지라는 걸 아니까

트램펄린에 날 던지면서 말한다

"말해줘 가능하다면 내가 세상을 고르고 싶어"

생각이 있으면 말해주리라 믿었지만

트램펄린은 그냥

나를 떨어뜨리고

미워하지도 않으면서 나를 떨어뜨리고

그러면 내 처지도 최선을 다해 떨어지고

세상에서 트램펄린이 모두 사라졌으면 좋겠다

그렇지만 아쉽다

날아오르는 몇 초가 달콤했기 때문에

이것도 없으면 너무 가난하다는 말

이현승

가족이라는 게 뭔가.

젊은 시절 남편을 떠나보내고

하나 있는 아들은 감옥으로 보내고

할머니는 독방을 차고앉아서

한글 공부를 시작했다.

삼인 가족인 할머니네는 인생의 대부분을 따로 있고

게다가 모두 만학도에 독방 차지다.

하지만 깨칠 때까지 배우는 것이 삶이다.

아들과 남편에게 편지를 쓸 계획이다.

나이 육십에 그런 건 배워 뭐에 쓰려고 그러느냐고 묻자

꿈조차 없다면 너무 가난한 것 같다고

지그시 웃는다. 할머니의 그 말을

절망조차 없다면 삶이 너무 초라한 것 같다로 듣는다.

고
요
에 바
치
네

김
경
미

내가 어리석을 때 어리석은 세상 불러들인다는 것
이제 알겠습니다

누추하지 않으려 자꾸 꽃 본다 꽃 본다 우겼었습니다

그대라는 쇠동전의 요철 닳아
없어진 지 오래건만

라일락 지는 소리들 반원의 무덤이던 아침부터
대웅전 앞마당 지나는 승려들 가사먹빛 다 잦아들던 저
녁, 한여름의 생선 리어카와 봄의 깨진 형광등과
부러진 검정 우산 젖어 종일 접히지 않던 검은 눈동자까지
다 내가 불러들인 세상임을

그 세상의 가장 큰 안간힘,
물 흔들지 않고
아침 낮과 저녁 발 씻는 일임을

이제야 알겠습니다

꽁치통조림

이설야

통조림 속에는 내가 많다

뼈와 살이 모두 흐물흐물 잘 절여져

이제 웬만한 일에도 썩지 않는

통조림 속에는 겨울이 가지 않는다

모가지가 달아나 표정이 없다

부패하지 않아 지루한

나를 벗어나는 것만큼이나 어려운 것이 생활이다

이 동그란 관 앞에서

나는 썩지도 않는 것들에 대해 생각한다

잘 조려낸 꽁치 한토막을 삼키면

등 푸른 꽁치가 싱싱하게 살아 돌아올 것만 같은

은빛 칼날 앞에서 살겠다고 팔딱거리며

가슴에 뚫린 구멍들 속으로 숨어 들어갈 것만 같은

이 슬픔 한통을 다 먹어치우면

내일 아침에는 정말 괜찮을 것이다

나는 초록

장
석
남

차츰 입술이 둥글어지더니

빨간 혀가 낼름 나왔다가는 이내 숨고

입술과 양 볼이 초록, 이마에서도

나는 초록

나는 초록

나는 초록이라고 합니다

그러자 온 몸뚱이가 다 초록

말은 필요 없어

말과 마을과 길을

덮고 버리고 잊으며 초록은

산골짜기를 채우고 산허리를 더듬어 넘습니다

나는 초록……

이거 큰일입니다

내 입에서도 이 말이 터져나오고 말았습니다

내 몸뚱이 어디

찌든 간과 쓸개, 어느 심장 기슭에 숨었던 말인가

나는 초록……

이거 아주 큰일입니다

나는 초록,

초록 되어 해야 할 노래 많았고

초록 되어 품어야 할 눈동자 많았습니다

초록 속에 길은 여럿

방향도 갈래도 여럿

하늘로도 나뉘어 뚫려서

빛도 구름도 형제나 자매처럼

눈코입을 달고 너그럽고 넉넉합니다

저기 새가 한마리 와서 초록을 흔듭니다

먹이를 물었습니다

하나도 고단하지 않습니다

나는 초록이었고

첫눈이 오려는 어느 헐한 저녁

나는 초록

아이가 웃으며 초인종을 눌렀습니다

햇빛

유
이
우

모두 다 손을 잡고

뛰어내렸다

얼굴 가득히

고개가 아픈 옥상

호시절이 저 멀리 기차처럼 지나가고

청바지 같은 하늘 속으로

기적이 걸어나가지 않아도

산책이 많은 몸이었습니다

도착할 거라 믿었던 발도 없이

우리들은 늘 세상 속이었고

커지며 사라지며

세상을

고요하게

살아내기 시작했다

포춘 쿠키

이
다
희

생각은 스스로 잠겨 있길 좋아한다

어제는 싱가포르에 갔어요 오늘은 일본에 갈 것이고 내일
은 당신이라도 좋아요

지역의 이름과 그곳의 기후를 같이 떠올리면
풍토병을 앓는다는 점괘가 나왔다

과자 속에 들어 있었어요
두통이라도 좋고 복통이라도 좋았어요

절벽에서 떨어진 밤의 시신을 찾아 다시 돌아가고 있어요

아파서 주먹을 쥐는 당신의 손바닥이 엉망이군요
납작하고 축축한 어둠이 지문을 따라 번져가요
의사는 결코 당신에게 양보하는 법이 없죠

생각은 끝에 도착한 것 같은데 사람이 도망을 가자고 한다

바닥에 닿지 않는 커튼이 계속 아름다운 직물의 모습을
보여줄 때

그것은 정말 바닥과 무관한 일이 되는 것일까

웃자란 풀들이 당신 무릎에 조그마한 생채기를 낼 때
당신이 그걸 느끼길 바라요
내일은 당신이라도 좋아요

가끔은 기쁨

김
사
이

검은 얼룩이 천장 귀퉁이에 무늬로 있는 것

곰팡이꽃이 옷장 안에서 활짝 피어 있는 것

갈라진 벽 틈새로 바람이 드나드는 것

더우나 추우나 습한 부엌에서 벌레랑 같이 밥 먹는 것

화장실 바닥에 거무스름한 이끼들이 익숙한 것

검푸른 이끼가 마음 밑바닥을 덮고 있는 것

드러나지 않고 손길 닿지 않는 곳에

끈적끈적함이 붉은 상처처럼 배어 잇는 것

삶 한켠이 기를 써도 마르지 않는 것

바람 한점 없이 햇볕 쨍쨍한 날

지상의 햇살 모두 끌어모아

집 안을 홀라당 뒤집어 환기시킬 때면

기름기 쫘악 빠진 삶이

가끔은 부드러워지고 말랑말랑해져

고슬고슬해진 세간들에 고마워서

그마저도 고마워서 순간의 기쁨으로 삼고

또 열심히 살아가는

사랑의 뒷면

정현우

참외를 먹다 벌레 먹은

안쪽을 물었습니다.

이런 슬픔은 배우고 싶지 않습니다.

뒤돌아선 그 사람을 불러 세워

함께 뱉어내자고 말했는데

아직 남겨진 참외를 바라보다가

참회라는 말을 꿀꺽 삼키다가

내게 뒷모습을 보여주는 것

먼 사람의 뒷모습은

눈을 자꾸만 감게 하는지

나를 완벽히 도려내는지

사랑에도 뒷면이 있다면

뒷문을 열고 들어가 묻고 싶었습니다.

단맛이 났던 여름이 끝나고

익을수록 속이 빈 그것이

입가에서 끈적일 때

사랑이라 믿어도 되냐고

나는 참외 한입을

꽉 베어 물었습니다.

봉
지

박
라
연

허탈할 때
뭔가 가득 찰 때도 들어갑니다

따뜻하기도 하고 서늘하기도 하죠
섭섭한 대로 봉할 수 있어서 다시
풀 수 있어서 늘 희망적입니다

얼굴이 없으면 싶을 때도 들어갑니다
우리 나중에 봐요,라는 공간을 선물합니다

귀함을 넣어 좋은 이에게 배달하거나
처마에 매달아둘 때 세상은 더욱 눈부시죠

세상이 사라져버렸음 싶은 이유들이 한꺼번에
울 때 그 울음을 싸서 감아주는 이름입니다
울음소리에 놀란 산과 하늘과 바다도
도리없이 들어갑니다

당신도 상처 몇됫박쯤 잘 싸서 넣어보세요
어둠을 곱씹으며 아물던 상처가
봄의 입구 쪽으로 귀를 놓을 것입니다

잘
자

김
경
인

지는 해 성큼 자란 꼬리에게

가을볕 빨간 잠자리처럼 빙빙 돌다가

이윽고 사그라지는 말의 발가락들에게

무감한 건물들, 앙상한 뼈 아래 만져지는

희고 단단한 벽돌에게

벽돌의 질서정연한 분노에게

세상 모서리에 달콤하게 떨어지는 단팥들에게

한 줌 팥과 한 줌 설탕과

다 녹았는데도 여전히 남아 있는 설탕 아닌 알갱이에게

질문을 쓰레기처럼 토해내는 거리에게

새벽길에 한없이 쓸쓸해지는 토사물, 내 언젠가의 꿈에게

초록······ 먼······

빛 일렁이는······

캄캄하고 긴 회랑 속에서

푸른 잎사귀만 먹다 눈이 먼

통통해진 흰 애벌레 같은

청춘의

쓰다듬다
툭, 납작하게 눌러 터트리는
문득 잔인해지는 손가락에게

하루치의 친절을 다 소비하고도
칭얼거리는 풍경을 재우느라
뭉개져 사라지는 구름에게

잘 자.

슬퍼서 더는 녹지 않는 눈사람처럼
오늘 꿈은 더 단단해져도 좋으리.

● 작품 출전

강성은　「혼자 있는 교실」, 『구두를 신고 잠이 들었다』 (창비 2009)

강은교　「벽 속의 편지―네 집 뒤에서」, 『벽 속의 편지』 (창비 2019)

고영민　「봄의 정치」, 『봄의 정치』 (창비 2019)

고형렬　「돌의 여름, 플라타너스」, 『오래된 것들을 생각할 때에는』
　　　　　(창비 2020)

공광규　「너라는 문장」, 『담장을 허물다』 (창비 2013)

김경미　「고요에 바치네」, 『고통을 달래는 순서』 (창비 2008)

김경인　「잘 자」, 『일부러 틀리게 진심으로』 (문학동네 2020)

김경후　「오르간파이프선인장」, 『오르간, 파이프, 선인장』 (창비 2017)

김사이　「가끔은 기쁨」, 『나는 아무것도 안하고 있다고 한다』 (창비 2018)

김사인　「둥근 등」, 『어린 당나귀 곁에서』 (창비 2015)

김선우　「단단한 고요」, 『도화 아래 잠들다』 (창비 2003)

김소연　「그래서」, 『수학자의 아침』 (문학과지성사 2013)

김용택　「삶」, 『키스를 원하지 않는 입술』 (창비 2013)

김은지　「블루투스 기기 1개가 연결되었습니다」, 『고구마와 고마워는
　　　　　두 글자나 같네』 (걷는사람 2019)

김　현　「내가 새라면」, 『호시절』 (창비 2020)

김혜수　「기억을 버리는 법」, 『이상한 야유회』 (창비 2010)

나희덕　「기슭에 다다른 당신은」, 『파일명 서정시』 (창비 2018)

다니카와 슌타로　「네로―사랑받았던 작은 개에게」, 『이십억 광년의 고독』
　　　　　　　　　(문학과지성사 2009)

문태준　「누구에게라도 미리 묻지 않는다면」, 『우리들의 마지막 얼굴』
　　　　　(창비 2015)

박규리　「모래 한 알로 사는 법」, 『이 환장할 봄날에』 (창비 2004)

박라연   「봉지」,『헤어진 이름이 태양을 낳았다』(창비 2018)

박세미   「꾀병」,『내가 나일 확률』(문학동네 2019)

박소란   「심야 식당」,『한 사람의 닫힌 문』(창비 2019)

박시하   「가을」,『무언가 주고받은 느낌입니다』(문학동네 2020)

박연준   「생각담요 아래 살다」,『베누스 푸디카』(창비 2017)

박 준   「눈을 감고」,『당신의 이름을 지어다가 며칠은 먹었다』
(문학동네 2012)

박형준   「저녁나절」,『줄무늬를 슬퍼하는 기린처럼』(창비 2020)

성동혁   「리시안셔스」,『6』(민음사 2014)

손 미   「물의 이름」,『사람을 사랑해도 될까』(민음사 2019)

손택수   「나뭇잎 흔들릴 때 피어나는 빛으로」,『붉은빛이 여전합니까』
(창비 2020)

신두호   「지구촌」,『사라진 입을 위한 선언』(창비 2017)

신영배   「혼자」,『그 숲에서 당신을 만날까』(문학과지성사 2017)

신용목   「그리고 날들」,『누군가가 누군가를 부르면 내가 돌아보았다』
(창비 2017)

신해욱   「이렇게 추운 날에」,『무족영원』(문학과지성사 2019)

안미옥   「한 사람이 있는 정오」,『온』(창비 2017)

안현미   「눈물의 입구」,『사랑은 어느날 수리된다』(창비 2014)

안희연   「소동」,『여름 언덕에서 배운 것』(창비 2020)

양애경   「바닥이 나를 받아주네」,『바닥이 나를 받아주네』(창비 1997)

오 은   「나는 오늘」,『의자를 신고 달리는』(창비교육 2015)

유병록   「아무 다짐도 하지 않기로 해요」,『아무 다짐도 하지 않기로
해요』(창비 2020)

유이우 「햇빛」, 『내가 정말이라면』 (창비 2019)

유희경 「어떤 날들이 찾아왔나요」, 『우리에게 잠시 신이었던』
(문학과지성사 2018)

윤동주 「사랑스런 추억(追憶)」, 『하늘과 바람과 별과 詩』 (정음사 1948)

이규리 「특별한 일」, 『최선은 그런 것이에요』 (문학동네 2014)

이근화 「얼룩말 시나리오」, 『우리들의 진화』 (문학과지성사 2009)

이기성 「풀」, 『동물의 자서전』 (문학과지성사 2020)

이다희 「포춘 쿠키」, 『시 창작 스터디』 (문학동네 2020)

이설야 「꽁치통조림」, 『우리는 좀더 어두워지기로 했네』 (창비 2016)

이성선 「사는 일이 바로 신비」, 『절정의 노래』 (창비 1991)

이영광 「아프면 안된다던 말」, 『나무는 간다』 (창비 2013)

이 원 「우리는 지구에서 고독하다」, 『사랑은 탄생하라』
(문학과지성사 2017)

이원하 「풀밭에 서면 마치 내게 밑줄이 그어진 것 같죠」, 『제주에서
혼자 살고 술은 약해요』 (문학동네 2020)

이정록 「기도」, 『정말』 (창비 2010)

이제니 「공원의 두이」, 『아마도 아프리카』 (창비 2010)

이지아 「스파클링」, 『오트 쿠튀르』 (문학과지성사 2020)

이현승 「이것도 없으면 너무 가난하다는 말」, 『생활이라는 생각』
(창비 2015)

이혜미 「물의 방」, 『보라의 바깥』 (창비 2011)

임경섭 「비행운」, 『우리는 살지도 않고 죽지도 않는다』 (창비 2018)

임선기 「말 2」, 『항구에 내리는 겨울 소식』 (문학동네 2014)

임솔아 「모래」, 『괴괴한 날씨와 착한 사람들』 (문학과지성사 2017)

임지은 「간단합니다」, 『무구함과 소보로』 (문학과지성사 2019)

장석남 「나는 초록」, 『꽃 밟을 일을 근심하다』 (창비 2017)

정한아 「수국(水菊)」, 『울프 노트』 (문학과지성사 2018)

정현우 「사랑의 뒷면」, 『나는 천사에게 말을 배웠지』 (창비 2021)

조말선 「눈덩이」, 『둥근 발작』 (창비 2006)

주민현 「흐린 날에 나의 침대는」, 『킬트, 그리고 킬트』 (문학동네 2020)

진은영 「물속에서」, 『우리는 매일매일』 (문학과지성사 2008)

허 연 「트램펄린」, 『당신은 언제 노래가 되지』 (문학과지성사 2020)

황인숙 「알 수 없어요」, 『리스본行 야간열차』 (문학과지성사 2007)

황인찬 「비역사」, 『사랑을 위한 되풀이』 (창비 2019)

내일 아침에는 정말 괜찮을 거예요

초판 1쇄 발행 2021년 3월 2일 | 초판 4쇄 발행 2024년 7월 8일

엮은이	펴낸곳
시요일	㈜미디어창비
펴낸이	등록
윤동희	2009년 5월 14일
책임편집	주소
김수현	04004 서울 마포구 월드컵로12길 7
디자인	전화
장미혜	02-6949-0966
	팩시밀리
	0505-995-4000
ISBN	홈페이지
979-11-91248-08-1 03810	books.mediachangbi.com
	전자우편
	mcb@changbi.com

• 이 책 내용의 전부 또는 일부를 재사용하려면 반드시 저작권자와 ㈜미디어창비
  양측의 동의를 받아야 합니다.
• 책값은 뒤표지에 표시되어 있습니다.
• 인쇄·제작 및 유통상의 파본 도서는 구입하신 서점에서 바꿔드립니다.